슬픔을 말리다

나답게 사는 시 010

# 슬픔을 말리다

지은이 | 이희자
펴낸이 | 一庚 張少任
펴낸곳 | 돌설 답게
초판 인쇄 | 2022년 3월 15일
초판 발행 | 2022년 3월 20일
등 록 | 1990년 2월 28일, 제 21-140호
주 소 | 04975 서울특별시 광진구 천호대로 698 진달래빌딩 502호
전 화 | (편집) 02)469-0464, 02)462-0464
　　　　 (영업) 02)463-0464, 02)498-0464
팩 스 | 02)498-0463
홈페이지 | www.dapgae.co.kr
e-mail | dapgae@gmail.com, dapgae@korea.com
ISBN 978-89-7574-347-4
ⓒ 2022, 이희자
**나답게·우리답게·책답게**

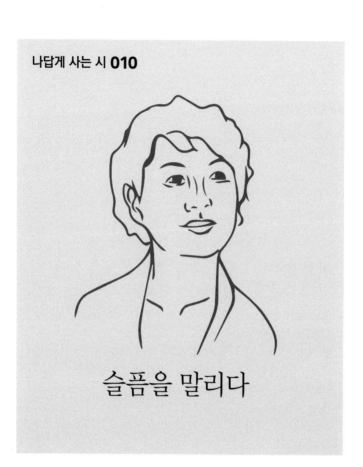

나답게 사는 시 **010**

# 슬픔을 말리다

이희자 시집

도서
출판 **답게**

# 이희자

충남 금산 출신
1983년 『월간문학』으로 등단
첫 시집 : 『소문 같은 햇살이』, 『작은 것과 어울려』
　　　　『가을 빛 닮은』 외 다수. 시선 집 2권이 있음
동포문학상, 윤동주문학상, 펜 문학상 수상.
현재 미래시동인, 한국문인협회 이사

## 2부 그리움의 조각들

## 3부 스치고 지나 온 것들

## 4부 다시 좋은 시절이 올까

# 다시 갈 수 없는 길

　시인이 되리라는 꿈을 꿀 수 없었던 먼 옛날에 읽었던 구상시인의 시 〈백련〉은 아직 세상을 경험하지 않은 가장 맑고 순수한 내 사춘기 시절을 함께 보낸 눈물 같은 것이었다. 알 수 없는 슬픔으로 밤잠을 설치기도 하고 대상이 불투명한 연민으로 가슴앓이를 하기도 했다.

　아버지가 계시지 않는 집은 늘 헐겁고 휘휘했다. 금방이라도 방문을 열어 젖치고 들어올 것 같지만 문 앞에서 곧 사라져 버리는 바람 소리는 마치 닫친 문 앞에서 문 안쪽의 가족들에게 차마 말로 할 수 없는 미안함에 되돌아서는 아버지의 발걸음만 같았다. 정치라는 세상 바람에 온 삶을 실은 아버지의 수레는 때로 덜컹거리고 때로는 바퀴가 빠진 채 진흙탕 속을 헤어나지 못했으니 아버지를 기다리는 밤은 두렵고 추웠다.

요즈음 비슷한 연배의 사람들을 만나면 미래의 그 어떤 계획이나 설계보다는 자신들이 살아온 지난날의 이야기를 하는 게 대다수다. 그럴 수밖에 없을 것이다. 살아 온 날이 살아 갈 날 보다 많으니 미래에 대한 희망보다는 지나 온 추억에 더 연연하기 때문이 아닐까싶다.

시간이 이렇게 빠르다는 것을 어찌 짐작이나 했던가. 지나 간 그 시간, 보다 깊은 자기 성찰과 반성으로 편견 없이 세상을 살았더라면 지금 내 삶은 아무 후회 없는 완벽한 삶이되었을까, 스스로 반문해 보기도 하지만 그래도 상황은 같았을 것이라고 스스로를 위로하곤 한다.

작품을 정리하다 보니 문득 천하를 다 가졌던 솔로몬 왕의 말이 새삼 생각난다. "이미 있던 것이 후에 다시 있겠고 이미 한 일을 후에 다시 할지니 해 아래에는 새 것이 없다" 그의 말을 빌리자면 인생은 참으로 허무하고 비극적이라는 생각이 든다. 하지만 예전에 가 보았던 길도 후에 다시 가보면 느낌도 다를 뿐만 아니라 전에 보지 못했던 새로운 것을 발견하기도 하고 또 그때와는 전혀 다른 상황으로 전개되기도 하니 현재는 과거로부터 온다는 진리를 부정할 수 없다.

내 시 또한, 그 얘기가 그 얘기 인 것 같아 참으로 망설여진다. 하지만 내 비밀의 방안에 오래 숨겨져 있던 시 〈백련〉이나 내 작품 속 이야기들은 쓸쓸한 날의 내 기록이며 곧 내 삶이다. 하지만 누군가와 그 이야기를 공유한다는 것은 여전히 부끄럽다

임인년壬寅年 새해가 밝았다. 인연이 있는 모든 분들께 감사와 하늘의 큰 복을 빌어본다

임인년 새해를 맞으며

이희자

1부  나답게 사는 시詩

# 더 없이 맑은

마음 붙일 곳 없는
한나절을
하늘만 올려 보았다

풀포기 하나 없고
사람 그림자 없는
그 곳은 더 없이
맑고 깨끗했다

가시처럼 찌르던
미움 하나가
눈이 부신 듯
톡, 하고 떨어져 나갔다

# 슬픔을 말리다

젖은 수건을 넌다
햇볕 잘 드는 쪽으로
꽉 비틀어 물기를 털어 낸
수건 속에는 어릿한
상처들이 숨죽여 있다

돌아서 흘린 눈물도
때로는 약이 되는지
내 안에 꼬물대던
세상일이
잠시 고요하다

산다는 것은 혼자 흘리는
눈물 같은 것인가
아무도 잡아주지 않는 슬픔이
젖은 수건 안에서
천천히 떠나고 있다

# 낡은 기억

울릉도 호박엿을 외치는
딸그락거리던 가위소리
두부장수 아저씨가 치던 종소리
식전 문전을 기웃대던
'새우젓사려, 유난히 높던
사려~에 끌려오던 푸른 바닷물이
넘실대던 골목의 아침 풍경,

참 별것도 아닌데
별것인 듯 그립다

# 오해 그 너머

분火내기 전
한번쯤 귀기우려 봐
여린 새싹같이
떨며 두려워하고 있는
그 안의 진실을 알려고
애써 봐

# 봄 온 다

산 입구 외딴집에는
이름 모를 풀들과
우거진 나무숲이
집 앞을 지켰지요

가을이 깊어지면
산밤 줍는 아낙들
발 거름도 뜸해지니
해질녘엔 오히려
인기척이 두려웠어요

겨울은 오래오래
봄에 대한 기다림을
붙잡아 두더니 문득
꽃 잎 같은 싸락눈을 한 줌
문 앞에 뿌려놓고 떠났지요

# 그 외싸 여러분

주인공을 빛나게 하라
있는 듯, 아니 없는 듯 움직여라

너는 결코
주인공이 될 수 없을 것이니


정말 그럴까
그 외싸 여러분이 없었다면

그대의 오늘이 있었을까
진정 돌아보는 모습을
보아야 하겠다

# 시간 밖의 길

오랜 세월 지나다 보니
구겨진 친구의 속내가 보여
낙심한 마음 낡은 선반 위
먼지처럼 쌓입니다

한 세상 살아 내는 일이
맨발로 뜨거운 자갈밭을
걷는 것 같으니
이제야 삶의 가치를
조금 알 것도 같습니다

구겨진 종이를 문질러
곱게 쓰다듬어도
거기 주름진 자국들은
남아 있지만 여전히
종이의 기능이 살아 있듯이

구겨지고 어긋난 듯해도
마음 다짐하고 걷는 길 저 쪽
실 보풀 같은 산수유
꽃 빛이 선물인 듯
새 봄을 알렸습니다.

# 진리眞理

만약 그대가
동전 한 개의 부재로
낯선 계산대 앞에서
크게 당황하고 있을 때
그때, 그대는 알 수 있으리
작은 것은 있어도
쓸모없는 것 없다는
평범한 삶의 진리를

# 적막강산寂寞江山

상처가 소리를 낸다
아파요! 아프다고요.

아무리 소리를 내질러도
들어 주는 이 없다

어둡고 깊은 밤
혼자 다스려야 하는 병

이 밤 하나님도
아무 말씀 없으시다

# 겨요 혹은 맞아요

살면서 한번쯤은 잊혀 지지 않는
실수 같은 게 있지요
사회 초년생시절
사투리를 쓰지 않는다는
칭찬 같을 것을 듣기도 했는데요
그날따라 윗분들이 한자리에 앉아서는
제게로 말머리를 돌리시데요
고향이 충청도 맞지요?
느닷없는 어른들 물음에
조금 당황한 제가
작은 소리로 대답했지요
예, 겨요
순간 실내는 찬물이라도 뿌린 듯
잠시 고요한가 싶더니
그 어른들 금시 맞네, 맞아,
충청도 확실하네 하시면서
박장대소를 하더라구요

그날 홍당무보다 더 붉어졌던
부끄럼 많던 내 이십대가
문득문득 생각나는데요
겨요,
내 고향 충청도 말 맞아요

# 한마디 말

한 해 마지막 날
바쁜 일 없이
주소록을 뒤척이다가
마음 짚이는
이름 하나를 찾았다
선물함에 들어 가
치킨 몇 쪽을 보내려니
메시지를 쓰라 한다
잠시 생각하니
하고 싶은 말이 너무 많았다
그래서 '소영아 사랑 해'라고 썼다

2부  그리움의 조각들

# 戀·戀
- 단풍


한 계절
뜨거웠네
온 몸
달구었네
주체 할 수 없는 맘
흔들렸네
불이 붙었네.
활활 타 오르네

# 戀·戀
- 가을나무

더운 한 철을
보내고 나서야
큰 산의 나무가
붉어져 있음을 알았습니다

철없는 때를 다
보내고 나서야
부끄러운 일들이
많았다는 것이 또
나를 부끄럽게 합니다

지워야 할 것과
지우고 싶은 것들이
꼭 이때쯤이면 볼을 붉힌 채
온 산을 휘젓고 다닙니다

## 戀·戀
- 가을 산

붉게 물들지 않으면
가을 산 아니리

뜨겁지 않으면
사랑 아니리

잎 붉은 저 산에 가면
잃어버린 사랑을 찾을까

하루가 천년 같아
애달프던 사람

## 戀·戀
- 능소화

여름이 되어서야
새겨들었네 능소화,
기다림의 꽃말도 알았네
오래된 나무를 타고
담쟁이보다 높이 올라
소리치는 꽃들의 말
들었는데 보았는데
나는 여태 모르는 게 있었네
사랑은 왜 아픈 것인지

# 戀·戀
- 별꽃

더 낮은 모양으로
허리 굽히며
마음 열어야 보이는 그가
꽃인 줄 몰랐습니다

이슬내린 숲으로 나가면
덩굴로 엉겨있는 흔하디흔한 풀
여름 막 시작되는 아침에야
꽃이 피는 줄 알았습니다

있는 듯 없는 듯 살아가노라면
눈물겨워라 해 저물녘의
별꽃 같은 사람, 그 인줄을
이제야 알았습니다

## 戀·戀
- 그는

언제나 내 곁에 있다
생각 속에 눈 속에 가슴 속에
내가 가는 곳 어디든
나와 동행한다
작은 풀꽃을 보다가도
그를 생각하고 늦은 저녁
떨어지는 빗소리 들으면서
그를 꿈꾼다
닿을 수 없는 먼 포구를 향해
끝없는 그리움의 항해를 시작하는
고요 속의 단 한 점
풍경으로 그려져
늘 나와 함께하는 그는
다가 갈 수 없는 쓸쓸함에
더러 나를 울게 한다

# 戀·戀
- 동백섬, 동백꽃이


떨어져 누운
꽃잎은 여전히 붉었어
죽어서도 피 빛 흔적
마냥 가슴이 떨렸어

아득히 그리웠어
푸르디푸른 맘
사철 품으며 잊으리라
곱씹던 맹세도 허물였어

황홀한 춤사위 였어
꽃빛 덧입은 섬은
죽어서도 죽지 않을
사랑을 지키고 있었어

# 戀·戀
## - 연둣빛 같은

밤새 흔들려
빗소리 요란하더니
멀리 떠난 그가
소식을 보냈다

콕콕 점찍어
가지마다 이슬 같은
촉 매달더니,
해묵은 기다림 흔들더니

천지 가득 번지는 연둣빛
그가 보낸 연서
두근대는 가슴으로
따가운 불티가 날아들었다

# 戀·戀
- 섬, 오동도

겨울이 늦어서야
갈 수 있었네
오동도, 그곳에 갔더니
오동나무 간데없고
동백꽃만 흐드러져 있었네

꿈길로도 갈 수 없는
그리운 것들이 따라와
꽃 속에 묻혔네
이름으로만 남아 있는
섬, 오동도 가고 없는 게
어디 섬 이름뿐이랴

살면서 잊어야 하는
서러운 것들이
섬이 되어 꽃이 되어
세월 속에 숨죽여 있었네

# 戀·戀
- 푸르고 짙은

마주 보이는 숲이
푸르고 짙어
이내 눈을 감는다

두 눈을 감은들
저 짙은 빛
지우기 어림없는데

잠시 스치는 어둠 속에서
더욱 또렷이 밝은
여름 숲보다 짙은 이름

# 戀·戀
- 추억이거나, 사랑이거나


잠긴 시간의 빗장을 연다
오래 전 불타버린
화재 현장의 불티처럼
그을린 추억들이 그대로
살아 있더라

멋대로 키를 세운
버려 둔 텃밭의 풀꽃들이
때로 웃음이 되고
때로는 눈물도 짓게 하더라

너를 생각 할수록 자꾸만
한쪽 어깨가 기울어져
날개 부러진 새처럼
날아 갈 수도 없더라

어디쯤인지
짐작 할 수 없는 길
막연히 먼 곳 이라는
두려움에 나는 섧더라.

# 戀·戀
- 왕십리 역

'비야 오려거든
닷 세 쯤 오라' 노래하던
소월素月의 왕십리에서
잠시 길을 잃는다

미로 찾기를 하듯
아득한 설렘으로
헤매던 왕십리 역

보고 싶은 사람
우연처럼 만나면 나,
거기서 평생 길을
잃어도 좋으리

3부 스치고 지나 온 것들

# 산 빛

물감을 풀어 놓은 듯
푸른 빛 짙은 산
어디를 보아도
푸른빛인데
여러 해 전 산으로 가신
어머니는 보이지 않는다
보고 싶은 어머니,
산 빛에 가려 눈물도 푸른
해 저물녘

# 비

우기雨氣의 이른 아침
어머니 밖으로 나가셨네
우산을 찾아 이집 저집
기웃대시던 어머니
돌아오시는 기척 멀었네

젖은 땅을 치고 튀어 오르던
빗방울들 신 나서 춤 췄네
양철지붕을 마구 두드렸네
책가방을 든 동생이
발을 동동거렸네
나는 눈을 감고 말았네

# 어머니의 집

어머니는 집을 지으셨다
세상에 떠밀려 단칸방도 잃은
바스락거리는 마른 가슴으로
꿈을 품으시고 여전히
얕은 잠 속을 헤매셨다

아흔 지나 백수를 바라보시던
어머니는 다시 지을 수 없는
오롯한 꿈을 그리시더니
마침내 새집을 지으셨다

푸르도록 하얀
어머니 꿈의 집은
온종일 서둘러 달려가도
문턱을 넘어가지 못하는
단단한 성이 되었다

# 아련하다

먼 옛날
나 어릴 적
앞마당 너른 집
어머니 타작마당에 계셨는데
나는 풀포기처럼 쪼그려 앉아
한나절 훌쩍 넘기던 그때
다듬이질 하듯
자근자근 콩대 두드리던
어머니 고운 모습
꿈에 보듯 아련하다

# 봄, 그리운

창밖은 꽃빛이네
바람에 흔들리던 꽃가루들이
여기저기 불을 질렀네
천지가 타오르네
어질병이 돋은 나는
밖으로 불려 나가네
떠난 자를 생각 하는 하얀  꽃들이 지천으로
피었네

어머니를 사랑했네
그리운, 그리운 어머니
하얀 꽃들이 눈물처럼 날리네
하늘 땅 가득 넘치는 어머니
봄빛 속 꽃으로도 오시네

# 불러도 대답 없는

이른 아침
산길로 접어들면
부신 햇살로 반기시는

아버지
쉰 소리로 부서지는 내 인사
아득한 골짜기로 흩어져
적막하다

다 불러보지 못한
생전의 아버지
깊이 알 수 없는
잠의 그늘

기다려도 아버지 기척
들리지 않는데
이름 모를 산새 울음만
산 가득하다

# 모란을 보며

꽃 속에 담긴 저 넉넉함
바라만 보아도 벅차다

허름한 텃밭의 어머니
평생 일구어 가꾸시더니

장성한 자녀들
햇살 아래 늠름하다

# 자작나무 숲에서

원대리 자작나무 숲
곁가지 꺾어진 자리마다
아픈 흔적을 짙게 남긴
하얀 몸통이 하늘에 닿을 듯
일렬로 꼿꼿한 자작나무

'자작자작' 소리내며 잘 타는,
그래서 자작나무라고?
자작나무 숲에서 너를 불러 본다

산비탈 어느 구석에 닿았다가
돌아 나오는 울림
이름 부르면
꼭 응답을 듣고 싶은 나이가 되었다

불현 듯,
빌려준 거 같은 내 이름을
오늘 되찾아 내고 싶다

# 남천나무

이 나무는
단풍이 곱다
열매는 더 예쁘다

딸이 있으면 키워야 한다고
고향 집에
남천나무 심었던
아버지 그립다

무심하게 키우라던
화원 아저씨 말대로
나는 그냥 게으른 주인

저절로 자란
남천나무 열매
가을볕에 빛나는 빨강을
마주 본다

# 일 없는 날의 일

가장 멀리서도
가장 잘 보인 게 있습니다
많은 기억 속에도 유난히
또렷한 기억이 있습니다

충남 금산읍 중도리 322번지

알알이 영글던 포도밭
탱자나무 울타리 여전할까
어림도 없는 세월 속
잊지 못할 기억만 가물 합니다

보이지 않는 동안에도
슬쩍슬쩍 물이 드는
단풍잎처럼 고향은 때로
일 없는 날의 일이 되어
팍팍한 가슴을 휘저어 댑니다

# 모년모일某年某日

보리타작이 한창이었으리
타작마당에 어머니는 바쁘신데
끼니를 놓친 나는
부엌 근처만 서성거렸으리

아무리 부엌 근처를  맴돌아도
먹을 거라고는
뚝배기에 담긴 한 그릇
보리밥이 전부였으리

배고픈 것보다
더 싫었던 보리밥
부엌바닥에 탁 내려놓는 순간
그만 쩍 갈라져 버렸으리

깨진 뚝배기를 그대로 둔 채
현장을 빠져 나간 주범처럼

타작마당만 살피던 그 날
어머니는 알고 계셨으리
깨진 뚝배기의 비밀

4부  다시 좋은 시절이 올까

# 錦山

언제 들어도
가슴 설레는 말이 있습니다
무심히 들어도
흔들리는 말이 있습니다
고향!
일가친척 모두 떠났는데
아직도 곱디고운
어머니 늘 그곳에서
나를 기다리십니다

# 들꽃은 말하고 싶다

평생 값진
화병에 꽂혀 본 적 없는데

누군가의 가슴 저미는
고백이 될 수도 없는데

낡은 외투자락이 흔들릴 때
그의 신발이 축축이 젖어있을 때

나는 그의 힘 센
웃음이 되고 싶은데

# 네 슬픔이 작아지면

오랫동안 소식 없더니
무심 해 섭섭했는데
문득 날아 든 비수 같은 문자
'친구야 우리 아들 하느님이 데려 가셨어'

무슨 말을 하리 네게
말이 제 기능을 상실한
지금은 다만 기다려야지

물 살 드센 강물을
다 퍼내어도 마르지 않을
네 슬픔이 아주 작아 질 때까지
나는 기다리고 있으리

# 기도

아들을 천국으로 보냈다는
친구의 문자를 받고
망연자실, 아무 말
전 하지 못하다가
문득 깨달았다

사람이 왜 기도를 하는지
왜 두 손을 모으는지
왜 눈물을 흘리는지
왜 신 앞에 간청하는지

짐작조차 할 수 없는
그의 슬픔을 안고
나는 신神 앞에 무릎 꿇었다
낮게 점점 더 낮게

# 죄 사함

사赦해주소서
여전히 웃자라고 있는
내 안의 미움과 원망
봄바람에 날리는 꽃잎처럼
용서의 향기 묻혀
멀리멀리 날아가게 하소서
떨어지는 그곳
미움 없는 사랑의 꽃으로
다시 피어나게 하소서
그리하여 나는
일흔 번씩 일흔 번 용서받는
사赦함을 얻게 하소서

# 두 편만 읽어 주세요

낯선 제목의 시집을 받는다
'6호선 갈아타는 곳'
어쩌다 시간을 놓쳐
늦게 드린 인사에
두 편만 읽어 달라는 답신

시집 읽기에 게으른
내 습성을 시인은 알고
있는 것 같아 민망하다
씁쓰레한 부끄럼이다

6호선 방향 표시따라
길을 찾아가는 시인처럼
시집 속의 시를 두고
새로운 길을 만들어가리

# 추억처럼

아무도 없는
빈 집이었다가
처마 끝에 매달린
애달픈 빗방울이었다가

봄 어느 날은
살구꽃 흐드러져
온 마을 집집이
굿판을 벌리다가

앙상한 나무 그림자만
여백 없이 들어차던
조안면面 근처의 겨울나기

수많은 기억들
다 밀쳐내더니
슬그머니 찾아와서
추억인척 우쭐대더니

# 시간의 굴레

봄밤이 짧은 것은
꿈을 꾸지 않기 때문이다

스스로에 취해 혼줄 놓던
스무 살 아니 그 언저리
그때는 몰랐었다

소중한 것도
봄밤처럼 짧게
지나가리라는 것을

세월이 하 수상하여
꿈을 꾸는 봄밤도 이젠
속절없어 짧기만 하다

# 흥부여, 흥부여

가난은 죄가 아니라고
그렇게 깨우쳐 들었는데
가난이 죄가 되는 세상이
이젠 불편합니다

개천에서 용 난다는 말
아득히 전설이 되고
많은 것을 움켜 쥔 자者만이
자랑이 된 세상입니다

콩 한 쪽을 나누어 먹고
됫박 쌀을 빌려주고
돌려받던 아주 먼 옛날
시람 사는 이야기

욕심 없는 착한 사람
흥부여, 당신이 받은 복

이 땅에 내리 소서
다시 한 번 보여 주소서

# 있어야 할 자리

양옥집 처마아래
웅크려 앉아있는 풀꽃
먼지를 뒤집어 쓴 채
겉말라 푸석하다

사람도 꽃도 있어야 할
제 자리가 있거늘
어긋난 듯 생뚱한 게
측은하기도 하더니

자리가 사람을 만든다고
돌 틈을 비집고 나온
저 옹색함도 꽃이라
두고 보니 그만 하다

# 연서 같은 안부

연서 같은 문구로
자주 소식을
보내오는 이 있다

별일 없이 말을 걸고
아무 일 없이도
마음을 두드리는 이,

때로 무심하여
우는 아이 보듯
바라보다가, 측은하다가

불현 사랑이라
사랑일 것이라
닫혀 있는 맘 슬며시
열고 있는 한나절